陶靖節集卷之九

集聖賢群輔錄上

明由曉升級宋均曰級等差政所先後也必育受稅俗宋均曰受賦稅及徭役所宜施為也成愽受古諸宋均曰古諸侯職等也隕丘一作立受延嬉宋均曰延長嬉與也主受此錄也

右燧人四佐燧人出天四佐出洛宋均曰出天天所生出洛地所生也

金提一作堤主化俗宋均曰為民除災害也鳥明主建福宋均曰福利民也視默主災惡宋均曰為民除災害也紀通為中職宋均曰為田主主內職也仲起為海陸宋均曰主平地兼統海也陽侯為江海宋均曰主江海事一本作江湖

右伏羲六佐六佐出世宋均曰虙戲不及燧人故增二佐出世人所生也

風后受金法宋均曰金法言能決理是非也天老受天籙宋均曰籙天教命也五聖受道級宋均曰級次序也知命受糾俗宋均曰糾正也窺紀受變復宋均曰有禍變能補復也地典受州絡宋均曰絡

維絡也力墨受準斥宋均曰準斥凡事也力墨或作力牧

右黃帝七輔州選舉翼佐帝德自燧人四佐至七輔見論語摘輔象

重　該　脩　熙

右少昊四叔實能金木及水使重為勾芒該為蓐收脩及熙為玄冥世不失職遂濟窮桑見左傳蔡墨辭

羲仲　羲叔　和仲　和叔

右羲和四子孔安國云即堯之四岳分掌四岳諸侯鄭玄云堯既分陰陽為四時命羲仲和仲羲叔和叔等為之官又主方岳之事是為四岳見鄭尚書注

伯夷為陽伯樂舞侏離歌曰招陽　羲仲之後為羲伯樂舞贊哉歌曰南陽　棄為夏伯樂舞武漫哉歌曰祈處一無武字　羲叔之後為羲伯樂舞將陽歌曰朱華　咎繇為秋伯樂舞蔡淑歌曰零落　和仲之後為和伯樂舞未詳歌曰歸來　垂為冬伯

樂舞丹鳳一曰齊落
歌曰齊樂一曰纓

右八伯自羲和死後分置八伯舜既即位元祀巡狩每至其方各貢兩伯之樂大傳冬伯後闕一人鄭玄云此上下有脫辭其說未聞十有五祀後又百工相和而歌慶雲八伯稽首而進者也見尚書大傳

讙兜　共工　鯀　三苗

右四凶

蒼舒　隤敳　檮戭　大臨　龍降　庭堅
仲容　叔達

右高陽氏才子八人齊聖廣淵明允篤誠天下之民謂之八凱

伯奮　仲堪　叔獻　季仲　伯虎　仲熊
叔豹　季貍

右高辛氏才子八人忠肅恭懿宣慈惠

和天下之民謂之八元從四凶至此悉
見左傳季文子辭

禹作司空　棄作稷　契作司徒
咎繇作士　益作朕虞　垂作共工
伯夷作秩宗　龍作納言　夔作典樂
右九官舜登帝位所選命見尚書

雄陶　方回　續牙　伯陽　東不訾或云不識
秦不虛或云不空　靈甫
陶靖節集

右舜七友並為歷山雷澤之游戰國策顏歜云堯有九佐舜有七友而尸子只載雄陶等六人不載靈甫皇甫士安作逸士傳云視其友則雄陶方回續牙伯陽東不訾秦不空靈甫之徒是為七子與戰國策相應

禹　稷　契　皋陶　益
右舜五臣見論語已列九官中

禹　稷　契　皐陶　伯夷　垂

益　夔　右八師見楚辭七諫

伯夷　禹　稷

右三后伯夷降典制民惟刑禹平水土主名山川稷降播種農殖嘉穀三后成功惟殷于民漢太尉楊賜曰昔三后成功皐陶不與焉蓋吝之也見尚書甫刑

後漢書

微子　箕子　比干

右殷三仁論語曰微子去之箕子為之奴比干諫而死孔子曰殷有三仁焉

伯夷　太公

右二老尚書大傳曰太公避紂居東海之濵皆率其黨曰盍歸乎吾聞西伯昌善養老此二人者盍天下之大老也往

而歸之是天下之父歸之也天下之父
歸之其子焉往孔融曰西伯以二老聞
王業

閎夭　太公望　南宮适　散宜生

右文王四友尚書大傳云閎夭南宮适
散宜生三子學于太公望望曰嗟乎西
伯賢君也四子遂見西伯於羑里孔子
曰文王有四臣丘亦得四友此四人則

文王四隣也

伯達　伯适　仲突　仲忽　叔夜　叔夏
季隨　季騧

右周八士見論語賈逵以為文王時鄭
玄以為成王時也

伯邑考　武王發　管叔鮮
周公旦　蔡叔度　曹叔振鐸
霍叔武　郕叔處　康叔封

聃季載（一本無郕叔處有毛叔聞）

右太姒十子太史公曰太姒十子周以

宗強見史記

周公旦　邵公奭　太公望

畢公　毛公　閎公

太顛　南宮适　散宜生

文母（太姒也）

右周十亂見論語其四人已列四友

秦公牙　吳班　孫尤

大夫冉贊　公子麋

右五王並能相焉尸子曰古有五王之

相迺謂之王其貴之也

狐偃　趙衰　顛頡

魏武子　司空季子

右晉文公從亡五人叔向曰三十七年

有士五人見左傳及晉太尉劉琨詩曰

重耳馮五臣

奄息　仲行　鍼虎

右三良子車氏之子秦穆公没要以從死詩人悼之爲賦黃鳥見左傳毛詩

子展賦草蟲(子罕子)　子西賦黍苗(子駟子)　子産賦隰桑(子國子)　公孫段賦桑扈(子豐子)　伯有賦鶉之賁賁(子良孫子耳子)　子太叔賦野有蔓草(子游孫子蟜子)　印段賦蟋蟀(子印孫子張子)

右鄭七穆謂之七子鄭穆公子十有一人罕駟豐印游國良七人子孫並有才名世任鄭國之政以免晉楚之難謂之七穆叔向曰鄭七穆氏其后亡乎及諸侯爲宋之盟鄭伯享趙武于垂隴七卿皆從文子曰七卿從君以寵武也請皆賦以卒君貺亦以觀七子之志見左傳

又吳質書云趙武過鄭七子賦詩

仲孫穀文伯獻子莊子□伯僖子懿子武伯　叔孫得臣莊叔穆子昭子成子武子文子　季孫行父文子武子悼子平子桓子康子

右魯桓公之曾孫世秉魯政號曰三桓

孔子曰三桓之子孫微矣見論語左傳

趙無恤襄子趙衰始為卿至無恤四世　范吉射昭子士會始為卿至吉射五世　智瑤襄子荀首始為卿至瑤六世　荀寅文子荀林父始為卿至寅四世　魏多襄子魏絳始為卿至多四世　韓不信簡子韓厥始為卿至不信四世

右六族世為晉卿并有功名此六人寔

弱晉國淳于越云卒有田常六卿之臣

劉向亦曰田常復見於今六卿必起於

漢見左傳史記漢書

儀封人　荷蕢　晨門

楚狂接輿　長沮　桀溺

荷蓧丈人一作伯夷叔齊虞仲夷逸朱張柳下惠少連

右作者七人論語曰賢者避世其次避

地其次避色其次避言孔子曰作者七
人見包氏注董威贊詩曰洋洋乎盈耳
哉而作者七人

德行　顔淵　閔子騫　冉伯牛
仲弓
言語　宰我　子貢
政事　冉有　季路
文學　子游　子夏

右四科見論語

顔回　子貢　子路　子張

右孔子四友文王有胥附奔奏先後禦
侮謂之四隣孟懿子曰夫子亦有四隣
乎子曰吾有四友焉自吾得回門人益
親是非胥附乎自吾得賜遠方之士日
至是非奔奏乎自吾得師前有光後有
輝是非先後乎自吾得由惡言不至於

閉是非禦侮乎見孔叢子
顏回　冉仲弓　子路　宰我　子貢
公西華
右六侍仲尼志意不立子路侍儀服不
脩公西華侍禮不習子貢侍辭不辯宰
我侍亡忽古今顏回侍節小物冉伯牛
侍曰吾以夫六子自厲也見尸子
檀子　盼子　黔夫　種首

右齊威王疆埸四臣齊威王與魏惠王
會四於郊魏王問威王曰王有寶乎威
王曰無有魏王曰若寡人國雖小猶有
徑寸之珠照前後車各十二乘者十枚
柰何為萬乘之國而無寶乎威王曰寡
人之所以為寶與王異吾臣有檀子者
使守南城則楚人不敢為寇東取泗上
十二諸侯皆來朝吾臣有盼子者使守

高唐則趙人不敢東漁於河吾臣有黔
夫者使守徐州則燕人祭北門趙人祭西
門徙而從者七千餘家吾臣有種首
者使備盜賊則道不拾遺以此為將
照千里豈直十二乘哉魏惠王慚不
懌而去見史記及春秋後語

齊孟嘗君田文　楚春申君黄歇

趙平原君趙勝　魏信陵君無忌

右戰國四豪見史記

太子少傅留文成侯韓張良

相國酇文終侯沛蕭何

楚王淮陰侯韓信

右三傑漢高祖曰此三人人之傑也見

漢書

園公姓園名秉字宣明陳留襄邑人常居園中故號園公見陳留志　綺里季

夏黄公姓崔名廓字少通齊人隱居脩道號夏黄公見崔氏譜　角里

先生

右商山四皓當秦之末俱隱上洛商山皇甫士安云並河内軹人見漢書及皇甫謐高士傳

太子太傅疏廣字仲翁（宣帝本始四年魏相為御史大夫薦廣於霍光時年六十以元康三年告退年六十七）

太子少傅疏受字公子（廣兄子也）

右二疏東海人宣帝時並為太子師傅每朝太傅在前少傅在後朝廷以為榮授太子論語孝經各以老疾告退時人謂之二疏見漢書

重合令子輿（居宋里）　櫟陽令子羽（居東觀里）

東海太守子仲（居宜唐里）　兖州刺史子明（居西南里）

潁陽令子良（居遂與里）

右郡決曹掾汝南周燕少卿之五子號曰五龍各居一里子孫並以儒素退讓

為業天下考[illegible]見周氏譜及汝南先賢
傳

龔勝字君賓　龔舍字君倩或曰長倩
右並楚人皆治清節世號二龔見漢書

唐林字子高　唐尊字伯高
右並沛人亦以潔履著名於成哀之世
號為二唐比楚二龔後皆仕王莽見漢
書左思曰二唐潔己乃點乃污

陳何佐

平阿侯王譚　成都侯王商
紅陽侯王章　曲陽侯王根
高平侯王逢時
右並以元后弟同日受封京師號曰五
侯並奢豪富侈招賢下士谷永樓護皆
為賓客時人為之語曰谷子雲之筆札
樓君卿之脣舌言出其門也見漢書張
載詩曰富侈擬五侯

北海逢萌字子康　北海徐房字平原
李曇字子雲　平原王遵字君公
右皆懷德穢行不仕亂世相與為友時
人號之四子見後漢書嵇康高士傳
求仲　羊仲
右二人不知何許人皆治車為業挫廉
逃名(一作世)蔣元卿之去兖州還杜陵荊
棘塞門舍中有三逕不出惟二人從之

游時人謂之二仲見嵇康高士傳
太傅高密元侯南陽鄧禹字仲華
大司馬廣平忠侯南陽吳漢字子顏
左將軍膠東剛侯南陽賈復字君文
建威大將軍好畤愍侯扶風耿弇字伯昭
執金吾雍奴威侯上谷寇恂字子翼
征西大將軍陽夏節侯潁川馮異字公孫
征南大將軍舞陽壯侯南陽岑彭字君然

征虜將軍潁陽成侯潁川祭遵字弟孫
太常靈壽侯信都邳彤字偉君
東郡太守東莞成侯鉅鹿耿純字伯山
上谷太守淮陰侯潁川王霸字元伯
左中郎將朗陵愍侯潁川臧宮字君翁
驃騎大將軍櫟陽侯馮翊景丹字孫卿
驃騎大將軍參蘧侯南陽杜茂字諸公
建義大將軍鬲侯南陽朱祐字仲先

驃騎將軍慎靖侯南陽劉隆字元伯
揚武將軍全椒侯南陽馬成字君遷
大司空阜成侯漁陽王梁字君嚴
衛尉安城忠侯潁川姚期字次况
左馮翊安平侯漁陽蓋延字巨卿
捕虜將軍揚虛侯南陽馬武字子張
驍騎將軍昌城侯鉅鹿劉植字伯先
左將軍阿陵侯南陽任光字伯卿

豫章太守中水侯東萊李忠字仲都
左將軍槐里侯扶風萬脩字君游
琅邪太守祝阿侯南陽陳俊字子昭
積弩將軍昆陽侯潁川傅俊字子衛
揚化將軍合肥侯潁川堅鐔字子伋
右河北二十八將光武所與定天下見
後漢書張衡東京賦云受鉞四七共工
以除

武威太守梁統字仲寧
金城太守庫鈞字巨公
張掖太守史苞字叔文
酒泉太守竺曾字巨公
燉煌太守辛彤字大房
右河西五守是時更始已為赤眉所害
隗囂客有異志統等五人共推竇融為
河西大將軍內撫吏民外禦寇戎東伐

隗囂歸心世祖克建功業見後漢書

善文　上黨太守公孫伯達

大鴻臚韋孟達

河陽長魏仲達

右扶風平陵人同時齊名世號三達孟

達名虔丞相賢五世孫明帝時人見漢

書及決錄

光祿大夫周舉　光祿大夫杜喬

光祿大夫周栩　尚書欒巴

青州刺史馮羨　兗州刺史郭遵

太尉長史劉班　侍御史張綱

右八使漢順帝時政在權官以賄成

周舉等議遣八使循行風俗同日俱發

天下號曰八使見張璠漢紀

平輿令韋順字叔文歷位樂平和未下戍令書自娛不應三公之命後為

平輿令吏民

祠祀中

順弟武陽令豹字季明友人羅陵捷為縣丞卒官喪柩流離豹棄官致喪歸比辟公府輙棄去司徒劉愷尤敬之

豹弟廣都長義字季節少好學不求榮利四十乃仕三為令長皆有惠化以兄喪去官比辟公府不就廣都為立生祠焉

右清河太守韋文高之三子皆以學行

知名時人號韋氏三君見京兆舊事

楊震字伯起以太常為司徒遷太尉

震子秉字叔節以太常為太尉

秉子賜字伯獻以光祿勳為公再司徒一太尉

賜子彪字文先以大中大夫為公一司徒一太尉

右楊氏四公弘農華陰人自孝安至獻

帝七世父子以德業相繼為三公見續

漢書

袁安字邵公以太僕為司空遷司徒

安子敞字叔平以光祿勳為司空

敞子湯字仲河以太僕為司空遷司徒

湯子逢字周陽以屯騎校尉為司空
逢弟隗字次陽以太常為司空太尉
右袁氏四世五公見續漢書
處士豫章徐稺字孺子
京兆韋著字休明　汝南袁閎字夏甫
彭城姜肱字伯淮　潁川李曇字子雲
右太傅汝南陳公時為尚書令與諸尚
書悉名士也共薦此五人時號五處士

見續漢書及善文
周子居　黃叔度　艾伯堅
郅伯向　封武興　盛孔叔
右汝南六孝廉太守李倀選此六人以
應歲舉受版未行倀死子居等遂駐行
喪倀妻於柩則下帷見之厲以宜行子
居嘆曰不有行者莫宣公不有止者莫
郵居於是與伯堅即日辭行封黃四人

留隨樞車見杜元凱女戒

大將軍槐里侯扶風平陵竇武字游平天下忠誠竇游平

太傅高陽鄉侯汝南平輿陳蕃字仲舉天下義府陳仲舉

侍中河間樂成劉淑字仲承天下德弘劉仲承

右三君

少傅潁川襄城李膺字元禮天下模楷李元禮

司空山陽高平王暢字叔茂天下英秀王叔茂

太僕潁川陽城杜密字周甫天下良輔杜周甫

司隸校尉沛國朱寓字季陵天下水淩朱季陵

尚書會稽上虞魏朗字少英天下忠貞魏少英

沛國潁陰荀昱字伯條天下好交荀伯條

大司農博陵安平劉祐字伯祖天下稽古劉伯祖

太常蜀郡成都趙典字仲經天下才英趙仲經

右八俊

有道太原介休郭泰字林宗 天下和雍郭林宗
太常陳留圉夏馥字子治 天下慕恃夏子治
尚書令河南鞏尹勳字伯元 天下英藩尹伯元
河南尹太山平陽羊陟字嗣祖 天下清苦羊嗣祖
議郎東郡陽平劉儒字叔林 天下琁金劉叔林
冀州刺史陳國項蔡衍字孟喜 天下雅志蔡孟喜
潁川太守渤海高城巴肅字恭祖 天下卧虎巴恭祖
議郎南陽安衆宗慈字孝初 天下通儒宗孝初

右八顧 後漢書無劉儒有范滂

御史中丞汝南召陵陳翔字子鱗 海內貴珍陳子鱗
衛尉山陽高平張儉字元節 海內忠烈張元節
太尉掾汝南細陽范滂字孟博 海內謇諤范孟博
蒙令山陽高平檀敷字文有 海內通士檀文有
洛陽令魯國孔昱字世元 海內才珍孔世元 後漢書云字元世
太山太守渤海重合范康字仲真 海內彬彬范仲真
太尉掾南陽棘陽岑晊字公孝 海內珍好岑公孝

鎮南將軍荆州牧武城侯山陽高平劉表字景升海内所稱劉景升

右八及後漢書無范滂有翟超卓

少府東萊曲城王商字伯義海内賢智王伯義後漢書作王章

郎中魯國藩嚮字嘉景海内修整蕃嘉景

北海相承留巳吾秦周字平王海内貞良秦平王

侍御史太山奉高胡毋班字季皮海内珍奇胡毋季皮

太尉掾潁川陰劉翊字子相海内光光劉子相

冀州刺史東平壽張王考字文祖海内依怙王文祖

陳留相東平壽張張邈字孟卓海内嚴恪張孟卓

荆州刺史山陽湖陸度尚字博平海内清明度博平

右皆傾財竭己解釋怨結拯救危急謂之八厨後漢書無劉翊有劉儒

從三君至此並見三君八俊録

太丘長潁川陳寔字仲弓

寔子大鴻臚紀字元方

紀弟司空掾諶字季方

右並以高名號曰三君見甄表狀及鄴

鄴湻紀碑

陶靖節集卷之九

陶靖節集卷之十

集聖賢群輔錄下

太尉河南杜喬字叔榮狀喬治易尚書禮記春秋晚好老子隱居不仕年四十為郡功曹立朝正色有孔父之風

太常燉煌張奐字然明狀奐廉方亮直學該群籍前後七徵十要三為邊將財貨珍寶一無所取矯王孫裸形宋司馬為石椁幅巾時服無棺而葬焉

侍中河內向詡字甫興狀詡博覽群籍兼好黃老古虛泊然肆志不慕時倫積三十年

太傅汝南陳蕃字仲舉狀蕃瓌偉秀出雅亮無倫學該墳典忠壯謇諤又曰明允貞亮與大將軍竇武志匡社稷機事不密為羣邪所害

太尉沛國施延字君子狀延清公絜白進士許國臨難不顧名著漢朝

少府潁川李膺字元禮狀膺承三公之後生高絜之門少履清節非法不言英聲宣於華夏高名冠於縉紳

司隸沛國朱寓字季陵一名詡右一人訪其中正無識知行狀者告本郡訪問耆老識寓云桓帝時遭難無後

太僕潁川杜密字周甫狀密清高雅達名播四海歷統五郡恩惠化民

大鴻臚潁川韓融字元長狀融聰識知機發於岐嶷時人名之曰箭神知化九弟同居至於沒齒處卿相之位且二十年奉身守約不隕厥問

司空潁川荀爽字慈明狀爽年十二隨父在公府羣公卿校咸交人也或遣進奏或親候從儒林歸伏究極篇籍

司空清河房植字伯武狀植少履清苦孝友忠正歷位州郡政成化行旣登三事靖恭衮服雖季文相魯晏嬰在齊清風高節不足過也

聘士彭城姜肱字伯淮狀肱稟履玄知立性純固事親至孝五十而慕學綜六藝窮通究微行隆華夏名播四海

太尉下邳陳球字伯真狀球清高忠直孝靈中年欲誅黃門常侍以此遇害

司空山陽王暢字叔茂狀暢雅性貞實以禮文身居家在朝節行異倫

徵士陳留申屠蟠字子龍狀蟠年九歲喪父號泣過於成人未嘗見齒每至父毋亡日三日不食在冢側致甘露白雉以孝稱州郡表其門閭徵聘不就年七十二終於家

衞尉山陽張儉字元節狀儉體性忠直閨門孝友臨官賞罰清亮絕俗

大司農北海鄭玄字康成狀玄含海岱之純靈體大雅之洪則學無

□師講求道奧敷宣聖範□綜
廿數作五經注義窮理盡性也

處士樂安冉璆字孟玉　狀璆體清純之性蹈高潔之行前後十五辟皆不就除高唐令色斯而舉時陳仲舉李元禮仲弓皆難其高風

太尉漢中李固字子堅　狀固當順桓之際號稱名臣大將軍梁冀惡直醜正害其道桓帝即位遂死於讒

有道太原郭泰字林宗　狀泰器量弘深孝友貞固名布華夏學冠群儒州郡禮命曾不旋軌辟司徒徵有道並不屈

益州刺史南陽朱穆字公叔　狀穆中正嚴恪有才數明見初補豐令政平民和有廖子賊之風上書陳須益辭切情至

尚書會稽魏朗字少英　狀朗資純美之高亮幹輔國朝忠蹇正直之節播於京師

聘士豫章徐稺字孺子　狀稺妙德高偉清英超世前後三徵未嘗降志抗名山棲養志浩然有夷齊之高蘧伯玉卷舒之術

度遼將軍安定皇甫規字威明　狀規少有岐嶷正直之節對策指刺黃門梁冀不能用退隱山谷歎樂詩書

右魏文帝初爲丞相魏王所旌表二十

四賢後明帝乃述撰其狀見文帝令及

甄表狀

太常燉煌張奐字然明為度遼將軍幽并清靜吏民歌之數拜大司農賜錢除家一人為郎辭不受願徙居華陰故始為弘農人

度遼將軍安定皇甫規字威明

太尉武威段熲字紀明

右涼州三明並著威名於桓靈之世悉

名士也見續漢書

韋權字孔衡　弟瓚字孔玉

瓚弟矩字孔規

右太尉掾韋子才之三子皆脩仁義兄

弟孝友逢盜賊一人病不能去兄弟相

慕兵至俱死時人稱之號韋三義見三

輔決録

荀儉字伯慈漢侍中悦之父　儉弟緄字仲慈濟南相漢光祿

大夫彧之父年六十六　緄弟靖字叔慈又或問汝南許劭靖爽孰賢邵曰

二人皆玉也慈明外朗叔慈內潤靖隱身
脩學動必以禮太尉辟不就年五十五　靖
弟壽字慈光舉孝廉年七十　壽弟汪字孟慈昆陽令年六十
汪弟爽字慈明公卓徵為平原相遷光祿勳司空出自巖藪九十三日遂登台司年六十三　爽弟肅字敬慈守舞陽令年五十　肅弟
旉字幼慈司徒掾年七十
右朗陵令潁川荀季和之八子並有德
業時人號之八龍居西豪里渤海宛康
知名士也時為潁陰令美之曰高陽氏
才子八人遂改所居為高陽里見張璠

漢紀及荀氏譜
公沙紹字子起　紹弟孚字允慈北海著舊傳稱孚與荀爽共約出不得事貴勢而爽當董卓時脫巾未百日位至司空後相見以爽違約剖席而坐　孚弟恪字允讓
恪弟逵字義則　逵弟樊字義起
右北海公沙穆之五子並有令名京師
號曰公沙五龍天下無雙穆亦名士也

見魏明帝甄表狀及後漢書

膠東令盧氾昭字興先　樂城令剛戴祈字子陵　潁陰令剛徐晏字孟平　涇令盧夏隱字叔世　州別駕蛇丘劉彬字文曜一云世州

右濟北五龍少並有異才皆稱神童當桓靈之世時人號為五龍見濟北英賢傳

孝廉杜陵金敞字元休位至兗州刺史　上計掾長陵第五巡字文休典先之子典先名種司空伯魚之孫名士也不詳巡位所至時辟太尉掾　上計掾杜陵韋端字甫休位至涼州牧太尉

右同郡齊名時人號之京兆三休並以光武元年察舉見三輔決錄

晉宣帝河南司馬懿字仲達

魏司空潁川陳群字長文

中領軍譙朱鑠字彥才

侍中濟陰吳質字季重

右魏文帝四友見晉紀

魏步兵校尉陳留阮籍字嗣宗

中散大夫譙嵇康字叔夜

晉司徒河內山濤字巨源

建威參軍沛劉伶字伯倫

始平太守陳留阮咸字仲容籍兄子

散騎常侍河內向秀字子期

司徒琅邪王戎字濬沖

右魏嘉平中並居河內山陽共為竹林之游世號竹林七賢見晉書魏書袁宏戴逵為傳孫統又為讚

吳範相風吳人

劉惇占氣河內人

趙達筭河內人

皇象書廣陵人

嚴子卿棊名昭武衛尉畯從子

宋壽占夢十不失一

曹丕興畫為孫權畫屏風誤落筆點素因以為蠅後張御坐帷以為真蠅舉手彈不去

方知其非也必至師傅後爲太子太傅

孫城鄭姥相見王粲才童賊謂仕

右吴八絶見張勃吴録

陳留董昶字仲道　琅琊王澄字平子

陳留阮瞻字千里一云阮八百即瞻弟孚字遥集朗率多通故大將軍王敦云方瞻有賊故云八百　潁川庾敳字子高

陳留謝鯤字幼輿　太山胡毋輔之字彦國

沙門于法龍　樂安光逸字孟祖

右晉中朝八達近世聞之故老

裴徽字文秀魏冀州刺史　裴楷字叔則徽第三子晉光祿大夫

裴綽字季舒楷弟長水校尉　裴瓚字國寶楷子中書郎

裴邈字景初楷孫欽子太傅左司馬　裴遐字叔道瓚子太傅主簿

裴康字仲豫徽第二子太子左率　裴頠字逸民楷孫季子晉尚書僕射

王祥字休徵晉太保　王戎字濬沖父渾涼州刺史祥族子司徒

王澄字平子衍弟裴綽女壻荆州刺史　王導字茂弘

覽孫裁子敦從弟丞相　王綏字萬子戎子早亡裴康女壻　王衍
字夷甫父文平北將軍戎從弟太尉　王敦字處仲覽孫基弟二子
太將軍　王玄字眉子衍子陳留內史
右河東八裴琅琊八王聞之於故老
魏司空王昶字文舒　昶子汝南太守湛字
處沖　湛子東海內史承字安期　承子
驃騎將軍述字懷祖　述子安北將軍坦之
字文度　魏尚書僕射杜畿字伯侯　畿

子幽州刺史恕字務伯　恕子鎮南將軍預
字元凱　預子散騎常侍錫字世嘏　錫
子光祿大夫乂字弘治
右太原王京兆杜各稱五世盛德聞之
於故老夫書籍所載及故老所傳善惡
聞於世者蓋盡於此矣漢稱田叔孟舒
等十人及田橫兩客魯八儒史並失其
名夫操行之難而姓名翳然所以撫卷

長嘆不能已已者也

八儒

夫子没後散於天下設於中國成百氏之源為綱紀之儒居環堵之室蓽門圭竇甕牖繩樞併日而食以道自居者有道之儒子思氏之所行也衣冠中動作順大讓如慢小讓如偽者子張氏之所行也顔氏傳詩為道為諷諫之儒孟氏傳書為道為疏通致遠之儒漆雕氏傳禮為道為恭儉莊敬之儒仲梁氏傳樂為道以和陰陽為遺風易俗之儒樂正氏傳春秋為道為屬辭比事之儒公孫氏傳易為道為潔淨精微之儒

三墨

不累於俗不飾於物不尊於名不忮於衆此宋鈃尹文之墨裘褐為衣跂蹻為服日夜不休以自苦為極者相里勤五侯子之墨俱稱經而背譎不同相謂别墨以堅白此苦獲已齒鄧陵子

之墨

附錄

靖節徵士誄

宋金紫光祿大夫贈特進顏延之撰

夫璿玉致美不為池隍之寶桂椒信芳而非園林之實豈其樂深而好遠哉蓋云殊性而已故無足而至者物之藉也隨踵而立者人之薄也若乃巢由之抗行夷皓之峻節故已父老堯禹

錙銖周漢而緜世寖遠光靈不屬至死菁華隱沒芳流歇絕不亦惜乎雖今之作者人自為量而首路同塵輟塗殊軌者多矣豈所以昭末景泛餘波乎有晉徵士潯陽陶淵明南岳之幽居者也弱不好弄長實素心學非稱師文取指達在衆不失其寡處言每見其嘿少而貧苦（一作病）居無僕妾井臼弗任藜菽不給母老子幼就養勤匱遠惟田生致親之議追（一作近）悟毛子捧檄

之懷初辭州府三命後為彭澤令道不偶物棄
官從好遂乃解體世紛結志區外定迹深棲於
是乎遂一作遠灌畦鬻蔬為供魚菽之祭織絇緯
蕭以充糧粒之費心好異書性樂酒德簡棄煩
促就成省曠殆所謂國爵屏貴家人忘貧者與
有詔徵著作郎稱疾不赴春秋六十有三元嘉
四年月日卒於潯陽縣之某里一作柴桑里近識悲
悼遠士傷情冥默福應嗚呼淑貞夫實以誄華

名由謚高苟允德義貴賤何筭焉若其寬樂令
終之美好廉克己之操有合謚典無愆前志故
詢諸友好宜謚曰靖節徵士其詞曰
物尚孤一作特生人固介立豈伊時遘曷云世及
嗟乎若士望古遙集韜此洪族蔑彼名級睦親
之行至自非敦然諾之信重於布言廉深簡潔
貞夷粹溫和而能峻博而不繁依世尚同詭時
則異有一於此而兩一作兩非默置豈若夫子因心

達事一作達理畏榮好古薄身厚志世霸虛禮州壤
推風孝惟義養道必懷邦人之秉彝不隘不恭
爵同下士祿等上農度量難鈞進退可限長卿
棄官稚賓自免子之悟之何悟之辯賦辭歸來
高蹈獨善亦既超曠無適非心汲流舊巘葺宇
家林晨煙暮靄春煦秋陰陳書綴卷置酒絃琴
居備勤儉躬兼貧病人否其憂子然其命隱約
就閑遷延辭聘非直也明一作明也是惟道性糾纆

斡流冥漠報施孰云與仁實疑明智謂天蓋高
胡諐斯義履信曷憑思順何寘年在中身疢病
痁疾視化如歸臨凶若吉藥劑弗嘗禱祠非恤
傃幽告終懷和長畢嗚呼哀哉敬述清一作靖節
式遵遺占存不願豐沒無求贍省訃郤賻輕哀
薄斂遭壤以穿旋葬而窆嗚呼哀哉深心追往
遠情逐化自爾介居及我多暇伊好之洽接閻
隣舍宵盤晝憩非舟非駕念昔宴私舉觴相誨

獨正者危至方則礙哲人卷舒布在前載取鑑
不遠吾規子佩爾寔愀然中言而發遺衆速尤
迕風光蹶身才非實榮聲有歇徵(一作叡)音永矣
誰箴余闕嗚呼哀哉仁焉而終智焉而斃黔婁
既没展禽亦逝其在先生同塵往世旌此靖節
加彼康惠嗚呼哀哉

北齊楊休之序録

余覽陶潛之文辭采雖未優而往往有奇絶異

語放逸之致棲托仍高其集先有兩本行於世
一本八卷無序一本六卷并序目編比顛亂兼
復闕少蕭統所撰八卷合序目傳誄而少五孝
傳及四八目然編録有體次第可尋余頗賞潛
文以為三本不同恐終致忘失今録統所闕并
序目等合為一帙十卷以遺好事君子

宋朝宋丞相私記

右集按隋經籍志宋徵士陶潛集九卷又云梁

有五卷録一卷唐志陶泉明集五卷今官私所
行本凡數種與二志不同有八卷者即梁昭明
太子所撰合序傳誄等在集前為一卷正集次
之亡其録有十卷者即楊僕射所撰按休之字子烈事北
齊為尚書左僕射以好學文藻知名與魏收同時按吳氏西齋録有宋
彭澤令陶潛集十卷疑即此也其序幷昭明舊
序誄傳等合為一卷或題曰第一或題曰第十
或不置於集端別分四八目自甄表狀杜喬以

下為第十卷然亦無録余前後所得本僅數十
家卒不知何者為是晚獲此本云出於江左舊
書其次第最若倫貫又五孝傳已下至四八目
子注詳密廣於他集惟篇後八儒三墨二條此
似後人妄加非陶公本意且四八目之末陶自
為説曰書籍所載及故老所傳善惡聞於世者
蓋盡於此即知其後無餘事矣按四八目例每一事已陶即其
疏所聞或經傳所出以結前意此二條既無後説益知贅附之妄故今不著輙

則掛冠而歸此所以為淵明設其詩文不工猶當敬愛況如渾金璞玉前賢固有定論耶僕近得先生集乃群賢所校定者因鋟于木以傳不朽云

紹興十年十一月　日書

陶靖節集卷之十終

圖書在版編目（CIP）數據

陶靖節集 / 陶淵明著. -- 上海 : 華東師範大學出版社，2013.11
（江西省圖書館館藏古籍珍本叢書）
ISBN 978-7-5675-1465-2

I. ①陶… II. ①陶… III. ①陶淵明（365～427）—文集②古典詩歌—作品集—中國—東晉時代③古典散文—作品集—中國—東晉時代 IV. ①I213.722

中國版本圖書館CIP數據核字(2013)第285162號

特約編輯：馮清靜
項目編輯：庞　堅

陶靖節集

（一函四册）

出版　華東師範大學出版社
印刷　江西金珠潤文化傳播有限公司
裝訂　（江西省鉛山縣工業園區八路）
版次　二〇一三年十一月第一版第一次印刷
定價　壹仟貳佰圓　（豪華裝）

ISBN 978-7-5675-1465-2/I·1075

ISBN 978-7-5675-1465-2/I·1075